INVENTAIRE
Y...

ART POÉTIQUE

À L'USAGE

DU DIX-NEUVIÈME SIÈCLE,

POËME POSTHUME EN CINQ CHANTS ET EN VERS;

Par Antoine Giguet.

Un poëme in-dix-huit ne peut être mauvai

PARIS.

LE NORMANT PÈRE, LIBRAIRE,

RUE DE SEINE, N° 8. F. S. G.

1826.

Y

LE NORMANT FILS, IMPRIMEUR DU ROI,
Rue de Seine, n° 8, f. s. g.

L'ART POÉTIQUE

A L'USAGE DU DIX-NEUVIÈME SIÈCLE.

LE NORMANT FILS, IMPRIMEUR DU ROI,
RUE DE SEINE, n° 8, F. S. G.

L'Art Poétique,

A L'USAGE

DU DIX-NEUVIÈME SIÈCLE,

POEME POSTHUME EN CINQ CHANTS ET EN VERS;

Par Antoine Giguet.

Un poëme in-dix-huit ne peut être mauvais.

PARIS.

LE NORMANT PÈRE, LIBRAIRE,
RUE DE SEINE, N° 8. F. S. G.

1820.

Entièrement étrangers au pays que notre oncle habitait, et n'ayant point eu le bonheur de le connaître, nous sommes réduits à répéter, sans y rien changer, l'article que lui a consacré l'almanach du département de la Manche, année 1826, pages 177 et suivantes.

Charles GIGUET, Rodolphe GIGUET, *éditeurs.*

Nécrologie.

Il semble que la mort suive les leçons de Périandre
et se plaise à frapper les sommités de la société; notre
département vient de fournir deux preuves à cette dé-
plorable vérité, le gouvernement du Roi et la république
des lettres ont perdu Charles Lebrun, pair de France,
et Antoine Giguet, maire de Saint-Côme ; leur vie fut
passagère; leur gloire sera éternelle, la tombe du talent
est le berceau de son immortalité.

Quoique les éloges des morts paraissent la censure
des vivans, nous ne pouvons nous empêcher de payer

aux cendres d'un grand homme notre tribut de regrets, les larmes de l'amitié sont muettes et celles de l'admiration expansives; puisse bientôt une voix plus puissante que la nôtre célébrer plus dignement M. Giguet! c'est dans les ouvrages du génie qu'est sa plus belle oraison funèbre.

La simple relation de ses funérailles que nous a adressée un de ses amis le louera plus que nous ne l'eussions pu faire; la rhétorique est moins éloquente que la douleur, les figures de l'art touchent moins que les pleurs de l'amitié.

L'horloge de l'église sonnait huit heures, les habitans des campagnes voisines s'empressaient de quitter leurs travaux, de grosses larmes brûlantes pesaient sur leurs joues hâlées, et des soupirs étouffés démentaient l'insensibilité de leurs physionomies............ Le corps d'Antoine Giguet s'acheminait vers les domaines de la mort; les vers attendaient leur proie..................

Oh! grands de la terre, on ne voyait point ces somptueux chars de mort et ce luxe de deuil qui déposent de votre fortune et non de la douleur publique, et semblent vouloir prolonger votre orgueil au-delà de votre existence et introduire la vanité dans le sein du néant; on n'entendait point un pavé sonore retentir sous les pieds des chevaux et les roues des brillans équipages, les cris de la curiosité ne hâtaient point l'arrivée du cortége funèbre, le convoi de Giguet n'était point un spectacle, tout y était acteur, on n'y entendait que des soupirs et des sanglots, on n'y voyait que des villageois consternés, dont la douleur faisait tout le deuil.

La pointe gothique de la flèche ne tarda pas à s'élancer dans les airs, les lugubres tintemens de la cloche ébranlèrent plus fortement les oreilles, le portail se dessina, tapissé des livrées de la mort; les voûtes de l'église retentirent du bruit des pas et des pleurs...... Le service divin commença; quand il fut terminé, le vénérable pasteur monta en chaire, et dit, en essuyant deux larmes qui déjà débordaient ses paupières :

« Mes frères, ne nous laissons point abattre par la

douleur, adorons la main qui nous châtie, et résignons-nous à la perte que Dieu nous a infligée, (il s'essuya encore les yeux, et poursuivit ainsi) : Antoine Giguet eut le bonheur de naître chrétien [1], la ferme volonté de vivre en chrétien et la consolation de mourir en chrétien [2]; sa vie fut un long bienfait et sa mort un exemple; ces pensées sont pour nous, mes frères, un puissant motif de consolation. Le ciel paie à la vertu les dettes de la terre. »

Les sanglots continuèrent, et le cercueil se remit en marche; arrivé devant une fosse nouvelle, il s'arrêta un instant; le cri d'adieu s'échappa de tous les cœurs, et tout fut fini, le corps d'Antoine Giguet descendit dans l'éternité.......

Alors M. Jean-Louis Patard, membre du conseil municipal de la commune, et associé correspondant de l'Académie de Cherbourg, s'avança sur le bord de la

---

1 Le 8 mai 1758.
2 Le 9 juin 1825.

tombe, et d'une voix affaiblie par la douleur, prononça le discours suivant :

« Oh! pourquoi la vie m'a-t-elle gardé pour sa victime? pourquoi m'a-t-elle réservé la douleur de pleurer sur ton cercueil? Ah! pardonne, pardonne cet égoïsme d'amitié; je me flattais de mourir le premier; stérile espoir! je t'ai vu lutter contre la mort, j'ai vu tes membres glacés se roidir, j'ai vu ton dernier souffle s'exhaler de ton sein, et mon âme n'a point brisé ses liens pour se réunir à la tienne..... On ne meurt donc pas de douleur..... Traînons donc, puisqu'il le faut, les restes tronqués d'une existence sans amitié.... Je ne vivrai plus que de souvenirs, je ferai reculer ma vie dans le passé, et le plus beau de mes jours sera celui où je t'aurai loué davantage; que dis-je? te louer, ton nom en dit plus que toutes les éloquences; répondez, vous tous, qui, des campagnes voisines, vous êtes levés en masse pour faire un cortége de votre deuil aux cendres de Giguet, pourquoi tous ces sanglots? Parce que Giguet n'est plus. Il est donc bien magique ce nom

qui rassemble une population entière à une inhuma-
tion comme à une fête ; il est donc bien puissant ce
nom qui réunit tous les partis dans une communauté
de douleurs, il est donc bien éloquent ce nom qui
apprend la sensibilité à l'égoïsme, et du malheur
d'une famille fait une calamité publique!

» Oh ! si du haut des cieux tu jouis des regrets que tu
inspires, quel bonheur doit être le tien ? L'amour du
public fut toujours le but et la récompense que tu pro-
posais à tes efforts, et ce deuil ne peut rien avoir d'hy-
pocrite : la mort arrache tous les masques, il n'y a que
la vérité qui habite parmi les tombeaux.

» Dors, dors en paix, ombre chérie, tes bienfaits pla-
neront long-temps sur l'humanité, l'homme vertueux
ressemble au soleil, il éclaire encore après être disparu
de l'horizon ; dors en paix, ta tombe sera sacrée comme
un autel, la reconnaissance l'entourera de cyprès, et
l'amitié l'arrosera de pleurs. »

Préface de l'un des Éditeurs.

Le romantisme est la littérature propre aux nations modernes.

Globe, n° 165.

Ainsi que l'homme, les peuples ont des âges bien distincts, ils luttent long-temps contre l'enfance, traversent l'âge mûr, et tombent dans la vieillesse pour se régénérer ensuite dans une nouvelle enfance; comme lui, ils sont d'abord frappés des objets qui les environnent; ils vivent dans le monde extérieur, leur âme se matérialise, et leur culte est une idolâtrie; plus

2

tard, quand ils se sont dégagés de l'enfance, leur âme
se replie sur elle-même, ils s'observent, s'examinent,
s'étudient et transportent pour ainsi dire leur vie dans
le monde intérieur; leur religion devient un déisme,
de là deux poésies bien différentes, la poésie des sen-
sations et celle des sentimens, ou autrement la poésie
classique et la poésie romantique; l'une est au bas et
l'autre au haut de l'échelle de la civilisation : c'est
à nous de voir sur quel échelon nous voulons nous
placer.

Il est deux mots sacramentels que les stationnaires
opposent comme une digue aux partisans de la perfec-
tibilité dans la littérature, de ce qu'ils appellent le
protestantisme littéraire; on a déjà nommé le *goût* et
les *règles*, cherchons quelle est leur véritable puissance, cherchons si elle ne ressemble pas à ces fantômes
qui naissent avec l'obscurité et meurent avec la lumière.

Le goût est le bon ton littéraire, le sentiment des
convenances, sentiment aussi variable, aussi fugitif

que les convenances elles-mêmes; ainsi le goût de Cor-
neille, qui *romanisait* tous ses héros, n'est pas le
même que celui de Racine qui les francisait, que celui
de Voltaire, qui les affublait du manteau de sa philosophie; ainsi notre goût qui permet le suicide et défend l'homicide, est différent de celui des Anglais qui
savourent la mort de Desdemona; ainsi notre goût qui
sifflerait Satan et applaudit Pluton, est différent de
celui des Allemands qui s'enthousiasment du diable de
Faust. Comment donc présenter au génie, comme un
épouvantail, une chose purement de convention et de
circonstance, une chose entièrement subordonnée aux
temps et aux pays? comment oser le brider avec les
opinions d'une société éphémère, lorsqu'il travaille
pour toutes les sociétés?

Au moins les règles ont quelque chose de fixe et de
déterminé, mais elles ressemblent aux lisières, elles
assurent les pas de l'enfant et entravent la course
de l'homme; d'ailleurs, on sent quelle autorité doit
environner un rhéteur, qui s'arroge le droit de tracer

au génie un itinéraire qu'il le condamne à suivre sous peine de dérogeance ; la question est bien simple. Un philosophe nia le mouvement, et Platon marcha ; Aristote donna des règles, et Shakespeare écrivit.

Les inspirations du génie sont ses seules règles, il a la conscience de sa force, il croit en lui, et, si son siècle le méconnait, il s'écrie dans un noble orgueil : J'en appelle à la postérité.

Rodolphe GIGUET.

Persuadé que ces principes sont trop vrais pour que mon oncle ne les ait point partagés, j'ai ajouté quelques notes, signées de l'initiale de mon nom de baptême, afin de démentir l'opinion contraire.

Préface de l'autre Éditeur.

> Le génie a besoin d'être guidé dans sa route ou de
> se guider lui-même, en nous disant d'où il vient et
> où il va, et la règle qui lui épargne des écarts, le
> contraint pour le mieux servir, quand elle lui donne
> de salutaires entraves : car le génie n'en est que plus
> ferme et plus grand, lorsqu'il marche avec ordre,
> éclairé par la raison, et dirigé par le goût.
> MAURY, *Essai sur l'Eloquence de la Chaire.*

Tous les arts tendent au beau ; la route, qui y con-
duit, ressemble à ce pont du Coram, étroit comme le
tranchant d'une épée et jeté sur l'abîme ; la connais-

sance de tout ce qui en détourne s'appelle *goût*. Cette définition seule prouve que, puisque le beau est immuable, le goût l'est également. Sans doute l'esprit de chaque siècle et de chaque pays le soumet à son influence, mais il n'en reste pas moins toujours lui, de même que l'homme qui portait un habit bleu, ne change pas quand il en prend un noir.

Lorsque le génie fut arrivé au but, la critique étudia la route qu'il avait parcourue, planta des jalons sur toute sa longueur, et dit ensuite : Voilà le chemin du beau : c'est ce qu'on nomme les règles.

Au reste, leur nécessité devient une question de fait; qu'on me prouve le contraire par un chef-d'œuvre, et j'applaudirai de bonne foi à ma défaite ; je ne finirai pas sans donner aux poëtes, qui seraient tentés de m'opposer cette espèce d'argument, un avis que sûrement ils ne dédaigneront pas : je l'emprunte à Mme de Staël.

L'imagination, dit-elle[1], loin d'être ennemie de la

---

1 *De l'Allemagne*, IIe partie, chapitre xxii.

vérité, la fait ressortir mieux qu'aucune faculté de l'esprit; et tous ceux qui s'appuient d'elle pour excuser des expressions exagérées ou des termes vagues, sont au moins aussi dépourvus de poésie que de raison.

CHARLES GIGUET.

J'admire trop mon oncle pour me permettre de douter que ces opinions n'aient pas été les siennes. Quelques notes, signées de l'initiale de mon prénom, feront passer ma conviction dans l'esprit de tous les lecteurs.

Préface de l'Auteur.

Je me rends justice, je suis convaincu que si le gouvernement représentatif était introduit dans la littérature, je ne serais pas législateur; cependant, modestie à part, il me semble que j'y ai quelques droits.

D'abord, je ne suis d'aucune académie, ainsi l'esprit, ou plutôt la routine de corps, n'est pas à craindre; ensuite, n'ayant publié aucun ouvrage, mon code littéraire ne tendra pas à prouver au public que j'ai déjà fait plusieurs chefs-d'œuvre, qu'au lieu de me siffler il aurait dû m'applaudir, et qu'il a grand tort de s'ennuyer à mes pièces.

Il y a des personnes qui diront : Antoine Giguet! comment diable peut-on avoir de l'esprit quand on s'appelle Antoine Giguet? L'objection ne me paraît pas grave ; si mon nom était Goërtz de Berlichingen, je concevrais que l'on pût s'en moquer; mais je ne vois pas trop ce qu'il y a de ridicule à se nommer Giguet ; les poëtes qui me célébreront auront de la peine à placer mon nom dans un vers harmonieux, d'accord, mais j'ai appris de bonne part que M. d'Arlincourt s'occupe d'un traité qui fera révolution sur la poésie appliquée à l'éloquence, et qu'il y démontre que désormais par amour pour son pays, on doit composer de ces vers rocailleux, qui peuvent seuls délier la langue de nos Démosthènes futurs ; il cite comme modèle un chant entier de *la Caroléide*, je ne sais lequel.

Il y en a d'autres qui ne jugent un ouvrage que par ceux que son auteur a déjà publiés et par la réputation qu'il s'est acquise; elles concluront infailliblement, de ce qu'elles ne me connaissent pas, et que je suis maire d'un petit village de province, que mes vers sont détestables et que je ne mérite aucune confiance; elles auront tort; je n'aime pas à me vanter, mais mon poëme avant tout : c'est ce qui m'oblige de dire que tous les préfets du département m'ont assuré de *leur considération très-distinguée*, je n'exagère point, chaque fois qu'ils m'ont écrit pour engager le conseil municipal à voter des fonds pour les chemins vicinaux, etc., et qu'ils m'ont toujours *prié de leur faire l'honneur de dîner*, lorsque je suis allé voter aux élections; si l'on en doute, je peux montrer les pièces.

Nous autres législateurs, nous ne nous faisons point scrupule de piller nos voisins; en fait de vol, nous pensons comme les Spartiates; ainsi je me suis servi sans difficulté des vers d'une foule de poëtes, soit pour établir des préceptes, soit pour les fortifier par des exemples; je n'ai point indiqué tous mes emprunts parce qu'ils sont trop nombreux, je me contente d'assurer au lecteur que tous les vers qui lui sembleront faibles, que toutes les expressions qui lui paraîtront fausses ou ridicules, enfin que tout ce qu'il n'admirera point n'est pas de moi, je ne réclame que le reste.

Les gens d'esprit qui demeurent à Paris (je déclare que je n'ai point l'intention de désigner les académiciens) ne vont pas manquer de s'indigner qu'on ose écrire lorsqu'on respire un air départemental et de critiquer mon poëme, pour empêcher la gloire d'émigrer en province; rassurez-vous, Messieurs, je suis mort : c'était le seul moyen de couper court à vos tracasseries; j'ai renoncé à la gloire, comme Lycurgue renonça à sa patrie dans l'espoir de donner plus de poids à son ouvrage.

J'avais l'intention d'orner mon poëme de mon portrait *en buste* (on en verra bientôt la cause); comme M. Jouy, je trouvais qu'il est bien agréable

De se faire graver au devant du recueil
Couronné de lauriers par la main de Nanteuil ;

et de placer son portrait sous la recommandation de ses ouvrages, et ses ouvrages sous la recommandation de son-portrait; mais franchement ma modestie n'a pu aller jusques-là. Je me bornerai à certifier à mes *aimables* lectrices que mon visage n'offre rien *d'intéressant*; il y a même peu de temps qu'un jeune homme qui revenait de Paris s'écria que j'avois une figure à devenir ministre; quant à ma taille, je n'en dirai rien, seulement je défie qu'on me refuse d'avoir de l'esprit comme un bossu.

Si j'avais la gloire de connaître M. Auger, je le prierais d'être mon exécuteur littéraire, et, certain d'une notice dûment assaisonnée d'antithèses et d'éloges, je serais mort tranquille; mais puisque je ne puis pas songer à cette jouissance-là, je lui de-

3

mande publiquement pardon d'aller sur ses brisées, et je vais moi-même composer ma notice.

Je n'obligerai point mes lecteurs à sauter mon extrait de naissance et celui de mes père et mère, la liste des colléges où j'ai fait mes études et des endroits où j'ai passé ma jeunesse, je légue ce soin-là aux continuateurs de la *Biographie* de MM. Michaud et compagnie; la vie d'un homme de lettres est l'histoire de ses pensées et non celle de ses actions[1].

La nature m'a fait gai, et l'observation m'a rendu misanthrope. La société me paraît un bal masqué, on dépose à la porte les sentimens et le caractère que l'on avait pris en y entrant, et l'on s'y ennuie quand on n'a pas d'intrigues. Ma misanthropie est, pour ainsi dire, philanthropique, c'est celle de Montausier et non celle de Timon; je hais les hommes,

1 Voltaire l'avait dit avant moi.

mais je les plains; je les méprise, mais je suis enchanté de leur rendre service; je fuis le monde, je désire que chaque heure me produise des résultats; je veux me servir de mon temps et non le dépenser.

Héraclite avait observé le cœur de l'homme, et Démocrite son esprit; je pense comme tous les deux, l'ironie est mon raisonnement favori, c'est le syllogisme à l'usage de l'esprit; et j'ai reconnu que l'on devait toujours parler à l'esprit, rarement à la raison, jamais au cœur; l'esprit fait les avances, la raison reste impassible, et le cœur se défend avant d'être attaqué, c'est la coquette, la femme honnête et la prude.

L'amitié est l'amour de la raison, je l'ai toujours regardée comme une religion humaine; chaque fois qu'on prononce son nom dans la société, on commet une profanation, et les protestations et les serremens de main qu'on multiplie dans le monde me rappellent cet Allemand qui sautait par la fenêtre en disant : je me fais vif.

Je vais parler des femmes. Je prie mes lectrices de vouloir bien tourner le feuillet.

Le cerveau d'une sylphide, le cœur d'un ange, le buste d'un dieu et le reste d'un diable, voilà la femme ; on lui doit le Capitole ou la roche tarpéienne ; il y a trente ans je n'eusse pas été embarrassé du choix.

J'aurais bien voulu passer sous silence mes opinions politiques, mais cela avait de trop graves inconvéniens. En effet, on ne conçoit pas trop comment on consentirait à trouver qu'un homme écrit bien, quand peut-être il pense mal ; d'un autre côté, il serait fort désagréable que M. le procureur du Roi traduisît ma mémoire devant les tribunaux, et conclût à l'amende, l'emprisonnement, etc. etc. ; mais, comme je l'ai déjà dit, mon ouvrage avant tout ; ainsi je déclare à mes risques et périls que je pense bien.

Je proteste contre toutes les inductions, interprétations, suppositions, etc. que l'on peut tirer de mon poëme, et à ce sujet je vais raconter une petite histoire, mon âge me servira d'excuse.

Une femme célèbre qui était persuadée que les poëtes ne manquent jamais de se peindre dans leurs ouvrages, prétendit connaître Thompson, après avoir lu son poëme. Elle soutint qu'il devait être fort amoureux, très-sobre et grand nageur; on fit des recherches pour vérifier la sagacité de son jugement, et il se trouva que le poëte n'avait d'autre passion que celle de la table, qu'il était très-carnassier et qu'il ne s'était jamais baigné de sa vie dans de l'eau froide [1].

Puissent mes lecteurs ne pas se tromper aussi grossièrement sur moi !

[1] M. de Lalot, *Journal de l'Empire* du 20 janvier 1807.

3.

Chant Premier.

En vain, dans notre siècle, un auteur entêté
Espère se glisser à la célébrité ;
Si, malgré le public, sa muse routinière
Se traîne sur les pas de Racine et Molière,
Chez un libraire obscur, ses ouvrages morts-nés
Pourriront dans un coin, aux rats abandonnés.

Le goût s'est enhardi, ce Boileau, qu'on renomme,
Dans cet âge éclairé serait un bien pauvre homme ;

On rirait d'un auteur, dont les vers trop français
Au lecteur mécontent ne présentent jamais
Ni d'un mot colossal le hardi barbarisme,
Ni d'un tour inconnu l'élégant germanisme,
Et l'infaillible arrêt d'un piquant feuilleton
Au donneur de leçons donnerait sa leçon.

Toi qu'en naissant le ciel a doté du génie,
Fuis de nos vieux rimeurs l'impuissante manie;
Quand tu peux marcher libre, acceptant des liens,
Ne t'asservis jamais à singer les anciens ;
Ose enfin dédaigner ces vaines poétiques,
Où maint pédant traça des règles chimériques,
Et nous apprit en grec à rimer en français ;
Sache inventer des mots et créer des sujets ;
Par de nouveaux moyens suis des routes nouvelles :
Ce n'est pas pour ramper que tu reçus des ailes.

Sous les fils de Clovis, les Gaulois et les Francs
N'avaient pas de Guizot pour leur marquer des rangs,

Ils vivaient tous égaux dans leur naissant empire,
S'enivraient, se battaient et ne savaient pas lire.
Leur langue était alors un mélange sans art
De mots, que le besoin rassemblait au hasard,
Par leur terminaison, ou celtique ou latine,
Ils trahissaient encor leur première origine ;
Et, par caprice unis, sans règles et sans choix,
De l'oreille et du goût méconnaissaient les lois.

Aux échos de Provence enfin la poésie
Fit de ses premiers chants répéter l'harmonie,
Du langage adouci polit la dureté,
Et de ses tours hardis inventa la beauté.

Les auteurs, des anciens ignorant les entraves,
Plaisaient à des Français sans être des esclaves ;
Pour toucher, le héros, ses papiers à la main,
Ne devait pas prouver qu'il fût Grec ou Romain ;
On plaignait librement ses tristes destinées,
Quoiqu'il ne fût pas mort depuis deux mille années,

Et l'on s'attendrissait avant de s'assurer

Si les trois unités permettaient de pleurer.

Mais Despréaux parut, et sa pédanterie,

Sous le joug des anciens, fit passer le génie,

Au Parnasse rouvrit de pénibles chemins,

Ressuscita les lois des Grecs et des Latins,

Nous imposa leurs goûts, leurs plaisirs et leurs chaines,

Et contraignit Paris à penser comme Athènes.

Des Grecs on exhuma les antiques malheurs,

Et, pour l'amour des Grecs, on répandit des pleurs.

Grâce à leurs unités, fallait-il qu'Hippolyte

Fût pour le dénoûment frappé de mort subite?

On invoquait Neptune, et son monstre vengeur

Servait à point nommé les désirs de l'auteur;

Pour apaiser les vents, le grand roi de Mycènes

A la lune immolait des victimes humaines;

Et, quelle est la puissance et la force du sang!

Pour l'amour de son frère, il tuait son enfant.

Lassé de ces horreurs, que tout chrétien réprouve,

Un penseur demanda qu'est-ce que cela prouve ? [3]
Depuis ce mot profond, le public regimbé
N'applaudit que des vers prouvés par A plus B,
Pour lui plaire, il fallut sur un ton dogmatique,
Rimer les argumens d'une froide logique ;
Sur la fatalité sans long-temps discourir,
Au théâtre un héros n'eût pas osé mourir ;
En forme il démontrait que l'âme est immortelle,
Que la Divinité ne peut être cruelle ;
Des prêtres il devait signaler les excès,
De la philosophie exalter les bienfaits,
Du climat sur les mœurs constater l'influence,
Et dans des vers mielleux prêcher la tolérance.

Les goûts sont inconstans, et, bientôt le lecteur
Dédaignant les beautés du genre raisonneur,
Au lieu d'argumenter, on s'applique à décrire,
Et, foulant sous ses pieds sa logique et sa lyre,
De Buffon le poëte emprunte le flambeau,
Prépare, pour chanter, sa loupe et son pinceau,

Analyse un insecte, observe ses antennes,
Dépeint son corselet, suit le sang dans ses veines,
Dissèque ses poumons et ses nombreux vaisseaux,
Compte ses pieds, ses yeux, ses ailes, ses anneaux,
Et redoublant de soins, de travaux et d'études,
Nous décrit ses amours, ses mœurs, ses habitudes.
Enfin a-t-il tout peint? vite il cueille une fleur,
Dessine exactement sa forme et sa couleur,
Insère son pistil au-dessous de l'ovaire,
Divise sa corolle, allonge son anthère,
Rassemble le pollen et l'attache au filet,
Dessèche la capsule, enfouit le collet,
Et va, de la nature observateur fidèle,
Rimer un cours complet d'histoire naturelle.

On se lasse aisément de ces vers ennuyeux,
Qui, muets à l'esprit, ne disent rien qu'aux yeux,
Et, de cyprès parée, enfin la Poésie
Consacre tous ses chants à la mélancolie,
Des soupirs de l'amour accompagne sa voix,

Et puise dans le cœur ses règles et ses lois.

Sachez donc, reniant le Dracon littéraire,
De son code absolu mépriser l'arbitraire;
Ses règles du poëte ont fait un ouvrier,
Et de l'art poétique un servile métier.

Pour affaiblir les sons dont l'oreille est blessée,
N'affaiblissez jamais une belle pensée;
Ainsi, quand d'un rosier l'odorante fraîcheur
Embaume le zéphyr des parfums de sa fleur,
Et que son bouton livre au regard idolâtre
De son sein entr'ouvert le carmin ou l'albâtre,
On n'ose point, s'armant de barbares ciseaux,
Pour couper une épine offenser ses rameaux.

N'allez pas, amoureux d'un purisme stérile,
Par cent corrections tourmenter votre style;
De toutes leurs beautés purifier vos vers,
Et les rendre moins bons, pour les rendre plus clairs.

Malheur au pauvre auteur, dont la verve glacée,
Par un tour consacré profane sa pensée,
Dans la langue française il se tient en prison ;
De Boiste et de Domergue il fait son Apollon,
Pour penser, il compulse un gros dictionnaire,
Et, pour parler au cœur, consulte la grammaire.

Dans vos pompeux écrits que chaque substantif
Marche au moins escorté d'un fidèle adjectif,
Il faut que la forêt soit épaisse, profonde [4],
En arbres désolés stérilement féconde,
Que d'effroyables troncs, chargés d'informes nœuds,
En dédale enlacés peuplent le bois hideux.
Il n'est plus de bravos pour le maigre poëte
Abjurant l'adjectif et fuyant l'épithète,
Son style décharné ressemble aux arbrisseaux
Dont l'hiver a déjà dépouillé les rameaux.

Bannissez de vos vers tous les dieux de la Fable [5],
Ces dieux-là, croyez-moi, ne valent pas le diable ;

Vainement vous crirez, plus pâle et plus défait
Qu'un ministre en voyant amincir son budget ;
Pluton vole, emporté par six coursiers funèbres,
La terre sous son char se couvre de ténèbres,
De son sein échappés de brûlans tourbillons
Dessèchent ses ruisseaux, embrasent ses moissons,
Et Phébus, pâlissant au haut de sa carrière,
Obscurcit ses rayons et voile sa lumière ;
Le tranquille lecteur rit de ces plagiats,
Et ne peut s'effrayer de ce qu'il ne croit pas ;
Mais voyez, quand Satan paraît dans un poëme,
Sur son front est empreint le sceau de l'anathème ;
Un long serpent le presse en des nœuds enflammés,
Et plonge dans son cœur des dards envenimés ;
Du vitriol bouillant les flammes dévorantes
Courent, au lieu de sang, dans ses veines brûlantes ;
Partout il voit l'arrêt de la Divinité :
Tes tourmens finiront avec l'éternité !
De terreur et d'effroi l'âme en est agitée,
Si l'on ne tremble pas, c'est que l'on est athée.

N'imitez pas l'auteur même le plus vanté;
Du moment qu'on imite on n'est point imité;
A cet excellent fils qui, pour venger son père [6],
Déjà de vingt façons assassina sa mère,
On préfère Saül, qui ne ressemble à rien;
Quand on dit c'est nouveau, l'on a dit c'est fort bien.

FIN DU PREMIER CHANT.

NOTES.

* Et l'infaillible arrêt d'un piquant feuilleton.

On s'aperçoit sans peine que l'ironie est la figure favorite de mon cher oncle. (*C.*)

* Toi qu'en naissant le ciel a doté du génie.

Quelques personnes ont été surprises que l'auteur tutoyât dans ce passage et ne se servît plus du singulier dans le reste du poëme; sans doute elles n'ont pas fait attention que partout ailleurs il s'adresse aux auteurs en général, et qu'ici il parle à ceux qu'en naissant le ciel a dotés du génie; elles doivent sentir que le pluriel aurait été bien singulier. (*C.*)

4.

³ Un penseur demanda qu'est-ce que cela prouve?

Mot de Mallebranche, après une représentation de *Phèdre*. (*R.*)

⁴ Il faut que la forêt soit épaisse, profonde,
En arbres désolés stérilement féconde,
Que d'effroyables troncs, chargés d'informes nœuds,
En dédale enlacés peuplent le bois hideux.

Je ne puis dissimuler qu'il y a une assez grande res-
semblance entre ces vers et la première strophe de la
belle ode sur le supplice des suicides, par M. de Chéne-
dollé ; on en jugera.

Il est dans les enfers une forêt profonde,
En arbres désolés stérilement féconde ;
Là d'effroyables troncs, chargés d'informes nœuds,
De noirâtres rameaux sans fruits et sans verdure,
    De ces lieux horrible parure,
En dédale enlacés peuplent le bois hideux.

Je n'entreprendrai point de décider si l'exemple a
précédé ou suivi le précepte ; de pareilles questions of-
frent trop de difficultés ; je me contenterai de rappeler

au lecteur que souvent les beaux esprits se rencontrent. (*R.*)

⁵ Bannissez de vos vers tous les dieux de la Fable.

J'ai cru qu'on lirait avec plaisir les vers où l'auteur d'un ouvrage actuellement sous presse, intitulé : *Humble remontrance d'un romantique à nos seigneurs de l'Académie, soi-disant Française*, a développé la même pensée.

Il vient de parler du poëte qui se traîne sur les vieilleries de la mythologie :

Les efforts surannés de sa muse païenne
Ne peuvent que déplaire à toute âme chrétienne ;
De ses vers gallo-grecs fuyons l'impiété.
Rien n'est beau, rien ne plaît que par la vérité :
La rose sait briser le réseau de verdure
Qui la retient captive en sa prison obscure,
Quoique les doux baisers d'un zéphir séducteur
De son sein parfumé respectent la pudeur ;
Le soleil, de ses feux embrasant l'atmosphère,
Ferait jaillir au loin des torrens de lumière,
Quand même de son char les coursiers haletans

Cesseraient de sentir le fouet presser leurs flancs,
Et de la jeune Olga les grâces virginales
Enchantent mes rivaux, désolent ses rivales,
Sans que les jeux, les ris, les plaisirs et l'amour
Voltigent sur ses pas et composent sa cour. (*R.*)

6 A cet excellent fils qui, pour venger son père,
Déjà de vingt façons assassina sa mère,
On préfère Saül, qui ne ressemble à rien.

M. Soumet fit jouer le même jour deux tragédies, qui probablement ont inspiré ces vers; on a voulu le comparer à Dorat, qui fit représenter aussi le même jour deux pièces (*Regulus* et *la Feinte par amour*). Il y a une très-grande différence, M. Soumet est de l'Académie. (*C.*)

Chant Second.

Tel qu'Young, quand du jour s'éteignait la lumière,
D'un pas lent et pensif foulait un cimetière,
Et, le regard fixé sur la tête d'un mort,
De sa muse lugubre exaltait le transport;
Tel l'auteur déchirant d'une sombre élégie,
Des profondes douleurs doit peindre l'énergie:
Ses vers sont immortels, si son héros enfin,
N'ayant plus rien à dire, expire de chagrin.

O sensibles amans, dont la brûlante flamme,
D'une ardeur poétique a fait frémir votre âme,
Vous qui, portant les fers d'*Amour et d'Apollon*,
Au moins trouvez la rime en perdant la raison,
Que toujours dans vos vers *Elles* soient inhumaines [1] ;
Nous ne prenons plaisir qu'au récit de vos peines ;
Que leurs farouches cœurs restent sourds à vos vœux :
Malheur, malheur à vous, si vous êtes heureux !
On ne peut supporter la facile maîtresse
Qui, parjure à l'honneur , cède à votre tendresse,
Et l'on est enchanté quand d'amères amours
D'un mortel désespoir empoisonnent vos jours.

La pleureuse Elégie abdique l'espérance ,
De son cœur oublié déplore la souffrance,
Sur un tombeau chéri va pousser des sanglots,
De ses longs cris de deuil fatigue les échos,
Ou de ses jours, rongés par une pulmonie,
Peint la course rapide et la lente agonie ;
Mais pour bien exprimer son chagrin dévorant,

C'est peu d'être poëte, il faut être mourant.

Des couplets y joignant le rhythme et la cadence,
Le Français, né sensible, inventa la romance,
Dans de vieux fabliaux compila des malheurs,
Et d'un amour trahi publia les douleurs.
Pour nous communiquer sa tristesse électrique,
Il ne néglige rien, pas même la musique :
A ces preux chevaliers, fanatiques d'honneur,
Demande un beau forfait, bien palpitant d'horreur [2],
Et se plaît au donjon de la tour féodale,
Que rougit autrefois la hache conjugale ;
Ou bien, ne célébrant que des crimes nouveaux [3],
Il chante les coquins livrés aux tribunaux [4],
Abjure pour Carnot son Apollon antique [5],
Fait du code pénal son code poétique ;
Pour ses plus grands héros prend les plus grands fripons
Et des jurys traduit les arrêts en chansons.

L'Ode, par sa mesure imitant la romance,

Pour tout compte la force, et pour rien l'élégance ;
Elle va, vient, s'égare et court sans savoir où ;
La bride du bon sens lui flotte sur le cou :
Pour elle de grands mots sont de grandes pensées ;
Son vers ambitieux vit d'images forcées ;
Son style admiratif interroge au hasard,
L'obscurité, chez elle, est un effet de l'art.

Tantôt le cauchemar y remplit d'épouvantes [6] ;
Comme d'impurs miroirs, des ténèbres mouvantes
Répètent son image en cercle autour de lui,
Et sa main de plomb laisse à l'âme un long ennui ;
Pâle, et s'épouvantant de son propre mystère,
Tantôt hideux amant de la nuit solitaire,
Noir dragon déployant l'aile aux ongles de fer,
L'Antechrist fait monter les vapeurs de l'enfer.

Ainsi, le dithyrambe errant à l'aventure,
Méconnaît toute règle et perd toute mesure :
Les Qui ? les Que ? les Quoi ? les tirets et les points

Sont ses derniers ressorts et ses prèmiers besoins.

A cent choses l'auteur adresse la parole ;

Il voit Léonidas, Byron, le Capitole,

Du despotisme affreux le géant étouffé ;

Et, quand il a vu tout et tout apostrophé,

Il se baptise enfin *Muse de la patrie*,

D'un énorme laurier couronne son génie,

Et, s'immortalisant à grands coups d'encensoir,

Sur l'autel de la gloire il s'invite à s'asseoir.

Mais si, pour son plaisir, votre âme recueillie 7

Se repait des tourmens de la mélancolie ;

Dans des chagrins amers si, trouvant des douceurs,

Vous vous battez les flancs pour répandre des pleurs ;

Décrivez tristement, d'un style monotone,

Le papillon, le soir, le vallon et l'automne,

Et décorez du nom de méditations

Les obscures beautés de vos descriptions.

Qu'importe qu'un pédant bien froid et bien classique,

Prêche encore en ces mots le goût académique?
« Au cliquetis des sons préférez le bon sens,
» Et des vers qu'on entend, à des vers bien ronflans.
» Portez-vous bien, fuyez le genre lamentable;
» Pour être à l'agonie, on n'est pas admirable;
» Le public ne rit point parce qu'il voit pleurer,
» Et veut comprendre un vers avant de l'admirer. »

J'en jure par Schlegel, le bon homme radote;
Vieil ultrà-littéraire, il croit en Aristote.
De leur obscurité, pourquoi blâmer vos vers?
Puisqu'ils nous font plaisir, ils sont bien assez clairs;
Ils sont tristes... Pour nous la tristesse a des charmes,
Pour nous rien n'est plus gai que de verser des larmes,
Et je trouve plaisant qu'il nous vienne assurer
Que, pour se réjouir, il ne faut pas pleurer.

N'allez donc pas, des traits d'une folle satire,
Quand nous voulons pleurer, nous obliger à rire.

A quoi bon? Juvénal, dans ce siècle innocent,

Ne frapperaît que l'air de son fouet impuissant.

Notre Sully gascon, par une loi savante,

Augmente le crédit en réduisant la rente ;

Pour conserver les mœurs, d'impudiques beautés

Prodiguent tous les soirs leurs charmes patentés ;

Près de Chateaubriand, Droz, à l'Académie,

Au prix d'utilité joint le prix du génie ;

Le grand opéra trouve un petit Monthyon,

On y danse en honneur de la religion ;

Des sages députés la prompte obéissance

Vote tout ce qu'on veut, toujours en conscience [8] ;

Enfin, j'ai beau chercher, moi, je ne trouve rien

Que puisse condamner un digne citoyen.

N'allez point, dans ce genre où la haine est la gloire,

Par un succès honteux flétrir votre mémoire :

Armez-vous d'une plume et d'un gros Richelet [9],

Et, soldat d'Apollon, combattez Mahomet ;

Par les pleurs éloquens d'une molle élégie :

Des Grecs régénérés enflammez l'énergie ;

Pour les en arracher déclamez sur leurs fers,

Et, s'ils n'ont point d'argent, adressez-leur des vers [10];

Poursuivez leurs tyrans d'une pieuse haine ;

Demandez, possédé d'une fureur chrétienne,

Que, par humanité, nos inhumains soldats,

D'un sang maudit de Dieu, sanctifiant leurs bras,

Par amour du Seigneur, et haine du Prophète,

Les passent saintement tous à la baïonnette,

Et, relevant la Croix par des meurtres bénis,

A grands coups de canon prennent le paradis.

Vos chants sauront aux Grecs aplanir la victoire;

Vos vers et leurs exploits voleront à la gloire,

Et ses fastes diront à la postérité :

Depuis long-temps les Grecs, sourds à la liberté,

Sous le bâton des Turcs baissaient leurs fronts serviles,

De leurs fers profanaient le champ des Thermopyles;

Et, sans laver leur honte en de sanglans combats,

Expiraient sur la tombe où vit Léonidas.

Par ses chants un Tyrtéc alluma leur vaillance,
Et la Grèce traça sur les murs de Byzance :
Ci gît sous les débris de l'empire Ottoman,
Et mon dernier opprobre, et mon dernier tyran.

FIN DU SECOND CHANT.

NOTES.

[1] Que toujours dans vos vers *Elles* soient inhumaines.

La pudeur de l'amour doit empêcher les poëtes de désigner leurs maîtresses autrement que par *Elles*. Voyez la dédicace à *Elle* du dernier chant de Child-Harold ; Amour à *Elle*, par M. le comte de Pons, et *Elle*, fragmens d'un poëme élégiaque par M. Guiraud. (*R.*)

[2] Demande un beau forfait, bien palpitant d'horreur.

Personne n'ignore que cette expression palpite de nouveauté. (*C.*)

³ Ou bien ne célébrant que des crimes nouveaux.

On sait que la complainte est la romance appliquée aux arrêts de la Cour d'assises. (*R.*)

⁴ Il chante les coquins.....

Une fausse délicatesse aurait défendu à un classique de se servir de cette expression technique ; le romantisme méconnaît toutes ces timidités, il a écrit sur sa bannière :

Je ne puis rien nommer si ce n'est par son nom ,
J'appelle un chat un chat. . . . . (*R.*)

⁵ Abjure pour Carnot son Apollon antique.

M. Carnot est auteur d'un ouvrage qui fait foi, intitulé : *De l'instruction criminelle considérée dans ses rapports généraux et particuliers avec les lois nouvelles et la jurisprudence de la Cour de cassation.* Paris, 1817. 3 vol. in-4°. Chez Le Normant. Prix : 30 fr. (*R.*)

⁶ L'obscurité, chez elle, est un effet de l'art.
Tantôt le cauchemar y remplit d'épouvantes.

Lisez les belles odes de M. Victor Hugo sur le Cauchemar et l'Antechrist. (*R.*)
Il y a beaucoup *d'art* dans ces odes-là. (*C.*)

⁷ Mais si, pour son plaisir, votre âme recueillie
Se repaît des tourmens de la mélancolie.

Tous les auteurs à méditations ont l'âme pensive et
recueillie (*R.*)

⁸ Des sages députés la prompte obéissance
Vote tout ce qu'on veut, toujours en conscience.

Mon respect pour la mémoire et la véracité de mon
oncle me force à remarquer qu'il était mort avant la
session de 1826. (*R.*)

⁹ Armez-vous d'une plume et d'un gros Richelet,
Et, soldat d'Apollon, combattez Mahomet.

Tout le reste de ce chant est un plaidoyer en faveur

de mon opinion sur les doctrines littéraires de l'auteur, ce n'est point sur un ton ironique qu'il a parlé des nobles efforts de la Grèce et des généreuses inspirations de ses Tyrtée français. (*R.*)

10 Et, s'ils n'ont point d'argent, adressez-leur des vers.

On ne peut s'étonner que mon oncle qui, comme tous les esprits élevés, était enthousiaste de la cause des Grecs, ait raillé ces énergumènes de la Grèce qui ouvrent leurs portefeuilles, ferment leurs bourses et ne sont généreux qu'en inspirations. (*C.*)

Chant Troisième.

Que notre siècle est bon, quoi qu'on en puisse dire !
Voyez comme il condamne et blâme la satire ;
Dans des vers imprudens sitôt que des auteurs
De leurs contemporains se font accusateurs,
Et, de tous nos travers redresseurs incommodes ,
Osent fronder nos goûts et critiquer nos modes,
D'un sifflet charitable il punit leur noirceur :
Pour lui l'auteur méchant est un méchant auteur.

Emoussez donc les traits d'une gaité caustique,
Vous qu'un triste destin fit poëte comique,
Et n'allez pas en vain, pour nous rendre meilleurs,
Censurer nos plaisirs et décrier nos mœurs.

D'un Danville nouveau la risible imprudence,
Epouse à soixante ans une nouvelle Hortense,
Et cependant vingt fois ses avides regards
Ont vu représenter l'Ecole des Vieillards.

Chaque soir mainte femme en sa loge répète
Ce que fait sur la scène une jeune coquette,
La copie et l'imite en tout, hors en un point,
C'est que le dénoûment ne la corrige point.

Damis cherche au plafond la rime qui l'arrête,
Il frappe tour à tour et sa table et sa tête,
Et, comme un télégraphe agitant ses deux bras,
Rend son style rapide en marchant à grands pas;
Damis veut d'un gros drame illustrer son génie,
Et riait l'autre jour à la Métromanie.

N'allez point, pour plastrons les offrant à vos traits,
Des travers de nos grands égayer leurs valets,
Au mépris des égards qu'on doit à l'homme en place,
A ses mœurs en public présenter une glace,
Et, prenant tour à tour le fouet et l'encensoir,
Le matin respecter, et déchirer le soir :
Devant l'habit brodé déposez la férule;
Sitôt qu'on est en place, on n'est point ridicule [2].

Gardez-vous de tracer en vers séditieux
De Lass ou de Terray le portrait factieux,
Et de montrer Walpol de places corruptrices
Payant d'un député l'honneur et les services;
On peut aux passions y trouver un appel,
Sous ces mots innocens voir un sens criminel,
Dans des vers contre Lass soupçonner une offense,
Et les censeurs sont prêts quand le soupçon commence [3].

Autrefois un farceur, singe de Tabarin,
Sur la scène porta les tréteaux de Scapin,

6

Outragea la pudeur par sa muse immodeste,
Et railla la vertu sous les habits d'Alceste;
Nul auteur après lui n'osa rien inventer;
Le talent de créer fut l'art de l'imiter;
Toutes les nouveautés qu'enfantaient nos génies
Sont de ses vieux tableaux de nouvelles copies.
C'est toujours un amant, dont les désirs sont purs,
Une fille bien tendre, et des parens bien durs,
Contre les médecins des milliers d'épigrammes,
Beaucoup sur les maris, encor plus sur les femmes,
Et, grâce au fin valet qui protège l'amant,
Le lien de l'hymen se noue au dénoûment.

La morale n'est pas une amère satire,
On ne corrige point l'homme que l'on déchire;
Et contre un vice en vain vous m'aurez animé,
Du moment que j'ai ri, me voilà désarmé.
N'allez donc pas gâter d'une gaîté folâtre
Les sermons en cinq points que l'on prêche au théâtre,
Par pure charité flétrir votre prochain,

Et, pour nous corriger, fouetter notre voisin.

Dans un crêpe funèbre enveloppez Thalie,
De son cortége en deuil écartez la folie ;
Que l'œil humide encore, un mouchoir à la main ,
Elle agite en hurlant un poignard assassin ;
Et, quittant ses grelots pour un lacrymatoire,
De ses cris déchirans attriste l'auditoire.

Sachez des passions surprendre les secrets ,
Embellir vos écrits de leurs affreux excès,
A nos larmes offrir des sujets pathétiques,
Toujours ensanglantés de dénoûmens tragiques ,
Rajeunir de Pibrac les préceptes moraux ,
Et de grands sentimens boursoufler le héros.
Que, d'abord possédé d'un amour condamnable,
Il succombe un instant et devienne coupable,
Mais qu'il se dompte enfin par un heureux effort,
Et ne soit pas au bout tel qu'on l'a vu d'abord ;
Rendez Tartufe honnête, et Dorante sincère ;

Il faut, changeant l'acteur, pour changer le parterre,
Par l'exemple appuyer son utile leçon,
Et la donner aux sens ainsi qu'à la raison.

Cependant notre siècle aux troubles des ménages
Des palais et des cours préfère les orages,
Aux travers des sujets les passions des rois,
Et les douleurs d'un prince aux chagrins d'un bourgeois.
Sachez donc en des vers, voués à Melpomène,
De plus nobles forfaits épouvanter la scène,
Et tracez hardiment par vos pas novateurs
Des chemins inconnus à vos prédécesseurs.

Pourquoi vous resserrer dans des bornes prescrites?
Le talent doit franchir de frivoles limites,
Et n'imposer pour borne à ses libres transports
Que celle où sa faiblesse arrête ses efforts.

Afin qu'à la pitié l'auditeur s'abandonne,
Faut-il qu'en *un* salon le héros s'emprisonne?

Non, ce n'est point le lieu qui produit l'intérêt ;
Et je crois qu'à frapper, si Procida tout prêt,
Ailleurs que chez Montfort aiguisait sa vengeance,
Le public y verrait autant de vraisemblance ;
Enfin , si l'on rampait sous cette unité-là,
Ecoutez et jugez..... nous n'aurions pas Sylla[4].

N'allez point, mutilant Clio pour Melpomène,
Entasser en un jour les faits d'une semaine,
De la littérature adorer le sultan,
Et suivre aveuglément l'unité du cadran ;
Le héros ne voit point, quand son sort en mérite,
Finir juste à minuit l'intérêt qu'il excite,
Et ne doit pas à l'heure, une montre à la main ,
Se hâter de mourir avant le lendemain.

Par de sages raisons avec art préparée,
A quoi bon de l'acteur justifier l'entrée ?
Qu'importe le motif qui l'engage à venir ?

6.

Il a toujours raison quand il me fait plaisir.
Refusez au valet le ton de la princesse ;
Au naturel il faut immoler la noblesse :
Craignez qu'un vers pompeux ne fasse au spectateur,
Sous l'habit du valet, reconnaître l'auteur ;
Ne donnez point nos mœurs à des peuples rustiques,
Et des pensers nouveaux à des héros antiques.

Pourquoi donc appuyer sur l'exacte raison
Un fait que vous donnez pour une fiction ?
De ces vains travaux-là l'intérêt vous dispense ;
Ce qui touche a toujours assez de vraisemblance :
Sitôt que j'ai pleuré, l'auteur m'a satisfait,
Et, pour prendre un mouchoir, je jette mon sifflet.

Sachez, du vice heureux nous cachant le scandale,
Tenir sur le théâtre école de morale ;
De la fin du coupable effrayer les regards,
Et prouver vos leçons par des coups de poignards :

C'est vous dire autrement : créez un mélodrame.

On n'y voit point l'amant de la fille d'un Brame [5]

Qui, montrant son esprit, pour montrer son amour,

La nuit, seul avec elle, en vers lui fait la cour,

Et viole les droits de sa forêt antique,

Pour observer les lois de notre art poétique ;

Quel qu'il soit, le héros paraît de son pays,

Et prend ses préjugés en prenant ses habits.

Que des plus grands forfaits il se rende coupable ;

S'il n'est pas détesté, son rôle est détestable.

Reléguez aux Français les demi-scélérats

Qui, d'un meurtre timide, ensanglantent leurs bras ;

Que le cruel-tyran au crime s'abandonne ;

Plus il semble méchant, plus votre pièce est bonne ;

Mais que l'œil égaré, dévoré de remords,

Il frémisse et s'écrie en d'horribles transports,

Préludes effrayans des vengeances divines ;

L'oreiller du remords est rembourré d'épines.

Dans un rôle important placez un gros bouffon,

Bien bête, bien ivrogne et surtout bien poltron ;
Dès qu'il vient sur la scène, un rire épidémique
Trahit des spectateurs la gaîté sympathique ;
Avant qu'il ait parlé, le public applaudit,
Et, dans ce qu'il va dire, aperçoit de l'esprit.

Amenez bien ou mal la fête indispensable,
Un bal est de succès un moyen immanquable,
Les efforts vigoureux des jarrets d'un danseur
D'une chute souvent garantissent l'auteur ;
Des danseuses le feu, la grâce et la mollesse
Séduisent la critique et réchauffent la pièce,
Et l'auteur va s'asseoir à l'immortalité,
Parce que dans son drame un Paul a bien sauté.

Que héros et valets, sans nulle différence,
Entassent à l'envi sentence sur sentence,
Dépècent les romans de monsieur d'Arlincourts [6],
Et cousent ses lambeaux à leurs plus beaux discours.
Que chaque substantif, comme chez nos poëtes,

Étale avec orgueil un luxe d'épithètes,

Et qu'à l'esprit la phrase, apprêtant un tourment,

Ne commence jamais par le commencement.

Accumulez les mots de lauriers, de victoire,

De liberté, d'honneur, de patrie et de gloire ;

Mettez-y de l'amour, du poison, des rivaux,

Un clair de lune, un songe, un spectre et des tombeaux ;

Que jusqu'au dénoûment l'opprimé sans défense

Implore du Seigneur la tardive vengeance ;

Dieu l'entend, répond, frappe, et le drame est fini,

Quand la vertu triomphe, et le vice est puni ;

Les bravos prolongés, dont retentit la salle,

Honorent à la fois l'auteur et la morale ;

Content, le spectateur en sort plus vertueux,

Et, de son cœur domptant les penchans vicieux,

Il répète, effrayé des vengeances divines,

L'oreiller du remords est rembourré d'épines.

FIN DU TROISIÈME CHANT.

NOTES.

¹ Que notre siècle est bon.....

Ce vers prouve manifestement que ce poëme n'est point ironique. (*R.*)

² Sitôt qu'on est en place, on n'est point ridicule....

Voilà une maxime qui devrait être gravée en lettres d'or sur le portique de tous les palais des ministres ; je suis persuadé que la majorité des Chambres ne se refuserait pas à accorder les fonds nécessaires. (*Note de l'Auteur.*)

³ Et les censeurs sont prêts quand le soupçon commence.

Ducis avait dit :

Et les bourreaux sont prêts quand le soupçon commence.

Je regarde qu'il est de mon devoir de signaler au public les imitations dont je m'aperçois. (*C.*)

⁴ Ecoutez et jugez... nous n'aurions pas Sylla.....

L'univers entier sait que les quatre premiers actes de Sylla se passent dans le palais du dictateur et le cinquième sur la place publique. (*R.*)

Avis aux personnes qui croient que ce poëme est sérieux.

J'ai trouvé sur un exemplaire de Sylla qui avait appartenu à mon oncle :

M. de Jouy est tombé de Tippo-Saëb en Sylla. (*C.*)

⁵ On n'y voit point l'amant de la fille d'un Brame
Qui, montrant son esprit pour montrer son amour,
La nuit, seul avec elle, en vers lui fait la cour,

Et viole les droits de la forêt antique,
Pour observer les lois de notre art poétique.....

Nous avons d'abord été tentés de supprimer ces vers,
mais après y avoir mûrement réfléchi, nous sommes de-
meurés convaincus que M. Lavigne connaît la sublimité
du mélodrame et ne s'étonnera pas qu'il y ait une pro-
digieuse différence entre la meilleure tragédie et le plus
mauvais mélodrame. On ne peut être à la fois M. Lavigne et M. Pixérécourt. (*C. et R.*)

[6] Dépècent les romans de monsieur d'Arlincourts...

Les noms des hommes de génie devraient être sacrés
et à l'abri même des licences poétiques ; j'ai long-temps
hésité à contrevenir à cette règle, et je ne m'y suis déterminé que dans la ferme croyance qu'ajouter un *s* au
nom de M. d'Arlincourt n'était pas retrancher quelque
chose de sa gloire. (*Note de l'Auteur.*)

Chant Quatrième.

Chaque siècle a ses mœurs, ses plaisirs et ses goûts;
Les sept sages des Grecs nous paraissent des fous[1],
Et dans mille ans peut-être, en dépit de leur gloire,
De Droz et de Jocko s'éteindra la mémoire[2].
Fils du siècle, le goût naît et meurt avec lui;
Ce qui fut bon jadis ne vaut rien aujourd'hui.

Innovez, des anciens ne soyez point copiste,
Le public ne veut plus qu'on les suive à la piste;

Ne vous faites pas Grec, lorsqu'il se fait Français[3],
Il faut à d'autres goûts offrir d'autres objets.
N'allez point d'un boudeur célébrer la colère,
Un roi qui court après son épouse adultère,
Et livrer en grands vers des milliers de combats,
Pour prendre un petit bourg que même on ne prend pas.
Laissez ce vagabond, et si froid et si tendre,
Causer la mort d'Amate, afin d'être son gendre,
Fuir et toujours vanter la gloire de son nom,
Se prétendre dévot, et séduire Didon,
Sauver son fils, son père, et ses dieux de Pergame,
Et n'y rien oublier, rien, excepté sa femme.

De la France chantez la gloire et les succès,
C'est un moyen certain de plaire à des Français.
Que nous importe à nous, que, battu par l'orage,
Ulysse soit poussé de naufrage en naufrage,
Qu'il tienne dans un sac tous les vents en prison,
Et qu'on change en pourceau son dernier compagnon ?
Mais si Charles, formant une sainte entreprise[4],

Subjugue les Saxons, les tue et les baptise,
Si ce roi très-chrétien, ce dévot paladin,
Aime à l'idolâtrie une vierge d'Odin,
Mais, si pour affranchir ses chers compatriotes [5],
Par un ordre du ciel, Jeanne prend des culottes,
Si les Anglais, enfin forcés de reculer,
Prouvent qu'elle est sorcière en la faisant brûler,
Le lecteur indulgent prodigue son suffrage,
A ses braves aïeux se plaît à rendre hommage,
Et, sans peine content et fier de leurs travaux,
Applaudit à la fois le chantre et son héros.

Craignez que, pour l'emploi d'un merveilleux profane,
La terre ne vous siffle et le ciel ne vous damne.
Toujours fidèle à Dieu, dans l'invocation,
Gardez-vous d'implorer le secours d'Apollon;
Un chrétien l'est partout, et même en poésie,
Et, sans être apostat, peut avoir du génie.

Le dégoût et l'ennui naissent de l'unité,

Sachez donc échapper à sa stérilité ;
Sans cesse, agrandissant votre vaste carrière,
D'épisodes sans fin allongez la matière ;
Et, quittant le sujet, plantant là le héros,
Montrez incessamment des acteurs tout nouveaux.

Qu'un classique décrive un parterre et des roses,
Tout exprès pour rimer toujours fraîches écloses ;
Des arbres toujours verts ; un ruisseau toujours pur ;
Un palais toujours neuf ; un ciel toujours d'azur ;
Qu'il peigne, sur les fleurs de la terre embrasée,
Vesper disséminant des perles de rosée,
Et Phœbé répandant l'argent de ses rayons
Sur l'ambre des raisins et sur l'or des moissons ;
De ses champs alignés l'exacte symétrie,
Ses tableaux compassés et son orfévrerie
Expriment des anciens le climat et les mœurs [6],
Et ce sont les leurs seuls qu'il faut peindre aux lecteurs ;
Sachez leur en tracer une image fidèle ;
Je vais à vos pinceaux esquisser un modèle.

De ce lugubre bois la ténébreuse horreur ?
Sur nos cœurs resserrés fait peser la terreur,
Les ifs et les cyprès y mêlent leur ombrage ;
En sifflant, le serpent rampe sous leur feuillage,
Et, sur leurs troncs moussus en cercles inégaux,
De son corps arrondit les verdâtres anneaux ;
D'un marais empesté le limon léthifère
De fétides vapeurs infecte l'atmosphère ;
Plutôt que d'échapper dans sa sombre épaisseur,
La biche vient mourir sous les coups du chasseur ;
Plutôt que d'y voler, la colombe timide
De l'autour affamé brave la serre avide ;
Dans son ombre s'élève un aride coteau,
Où surplombent pendans les débris d'un château ;
Quinze siècles le Temps vit sa faux dévorante,
Sur ses donjons verdis, s'ébrécher impuissante,
Et maintenant leurs murs, sous ses pas renversés ,
Au loin dans la forêt ont roulé dispersés ;
De ruines jonchée , une chapelle antique
Allonge encore en pointe une flèche gothique,

Contre elle l'aquilon épuise un vain courroux,
Il souffle, rugit, siffle... elle reste debout,
Mais rien n'indique plus une chapelle sainte,
L'orfraie à l'aigre cri niche dans son enceinte ;
Des palpitans agneaux les vautours dévorans
Déchirent sur l'autel les membres expirans ;
En glissant la limace argente ses murailles,
Que le lézard zébré souille de ses écailles ;
Et, lorsque sur l'airain le temps frappe minuit,
De fers entrechoqués on entend un grand bruit :
Une affreuse lueur sur les murs se projette,
Et d'un pied décharné se promène un squelette ;
Les tourbillons du vent font cliqueter ses os,
Un sang épais noircit son linceul en lambeaux,
Un glaive encor fumant dans sa main se balance,
Et ses cris par trois fois appellent la vengeance ;
La cloche alors s'ébranle et tinte avec effort
Le râle du trépas et le glas de la mort

Surtout n'oubliez pas qu'il nous faut un orage [8] ;

Enchaînez le soleil sous un épais nuage,
Et, dans des vers sifflans, déchaînez l'aquilon,
Inondez la campagne, enflammez l'horizon,
Sur un char de vapeur promenez le tonnerre,
Et, pour nous amuser, désolez bien la terre.

Heureux le sombre auteur, dont les lugubres vers
Procurent aux lecteurs des attaques de nerfs ;
Son livre, tout couvert et d'éther et de larmes,
Pour une âme sensible aura toujours des charmes ;
Il faut, pour être aimé, nous déchirer le cœur ,
C'est la mort du héros qui fait vivre l'auteur.

Que toujours malheureux et toujours catholique,
Fidèle à son amie autant qu'au romantique,
Il aime, pleure, prie, et parle tour à tour
De ciel, de désespoir, de vapeur et d'amour ;
Mais, cédant aux soupçons d'une injuste tendresse,
Il se croit à la fin trahi par sa maîtresse ,
Sans l'entendre, il l'immole à son ressentiment,

Puis, convaincu trop tard de son aveuglement,
Il se livre aux transports d'une fureur nouvelle,
Et va sur son tombeau se brûler la cervelle ;
En d'horribles tourmens l'Ecuyer meurt de faim,
L'Ami de pulmonie, et le Chien de chagrin.
Le Bourreau du Bandit élève la potence,
Et pèse sur le corps qui dans l'air se balance 9 ;
Par le peuple en fureur le Barde est massacré,
Et l'ouvrage finit quand tout est enterré :
Alors on est content, alors sur les visages
En longs torrens de pleurs se gravent les suffrages.

A nos revenans grecs refusez d'obéir,
On ne s'enchaîne point, lorsque l'on veut courir ;
Désormais affranchi des fers qu'on vous impose,
Composez sans mentor votre poëme en prose.

Aux règles faut-il donc condamner ses essais,
Et plaire à des pédans pour plaire à des Français,
Doubler la consonnance et les lettres finales,

Et couper chaque ligne en deux moitiés égales ?
Non, ce grand vagabond, dont on a fait un dieu,
Ne partageait jamais ses vers par le milieu,
Et Virgile, qu'on dit un poëte sublime,
Ne perdait point son temps à chercher une rime.

Brisez tous ces liens, le chantre ailé des bois,
Dans son gosier captif sent expirer sa voix ;
Libèrté, toi, toi seule es l'âme du génie,
C'est à tes feux sacrés qu'il allume sa vie ;
C'est toi qui conduisis la langue des Gracchus,
La plume des Lebruns et le fer des Brutus.
Déjà je t'implorais, quand l'injuste ignorance,
Dans un étroit maillot, resserrait mon enfance ;
Plus tard, je t'adorai sous le nom de congé ;
Enfant, jeune ou vieillard, je n'ai jamais changé ;
Maire, sous mon écharpe a fleuri ton empire,
Poëte, c'est pour toi que s'éveilla ma lyre,
Et, malgré les Augers, les sots et les tyrans,
C'est à toi que mon cœur voûra ses derniers chants.

NOTES.

¹ Les sept sages des Grecs nous paraissent des fous...

Quelle autre opinion peut-on avoir d'une société où l'on avait admis Thalès, qui nous faisait descendre en ligne directe d'une cruche d'eau ; l'Académie elle-même n'a rien de cette force-là. (*R.*)

² De Droz et de Jocko s'éteindra la mémoire...

Célèbre littérateur et illustre singe qui ont fait beaucoup parler d'eux, lors de leur apparition sur les théâtres de l'Académie et de la Porte Saint-Martin. (*C.*)

³ Ne vous faites pas Grec, lorsqu'il se fait Français...

C'est une vérité dont nous ne pouvons trop nous féliciter ; nous nous nationalisons. (*R.*)

⁴ Mais si Charles, formant une sainte entreprise,
Subjugue les Saxons, les tue et les baptise...

Lisez les aventures de Charlemagne et d'Ulnare, voyez comme quoi, toute païenne qu'elle est, elle fait de beaux miracles avec le secours et la protection de la Sainte-Vierge ; n'oubliez pas de suivre les événemens du poëme sur la carte, et de vous extasier devant les deux gravures. Tout ce qui se mêle de littérature sait qu'on lit au bas de la première : *Partout et nulle part*, et au bas de la seconde : *Nulle part et partout* ; mais on ne sait pas aussi généralement lequel de ces deux hémistiches on doit le plus admirer. (*C.*)

⁵ Mais si, pour affranchir ses chers compatriotes,
Par un ordre du ciel, Jeanne prend des culottes....

Il nous sera bientôt permis d'admirer deux poëmes

qui, avec celui de Chapelain, formeront la couronne poétique de Jeanne-d'Arc; la France devra l'un à Mme la comtesse de Choiseul et l'autre à M. Soumet. (*C.*)

6 Expriment des anciens le climat et les mœurs...

Voyez les ouvrages des apôtres du romantisme. (*C.*)

7 De ce lugubre bois la ténébreuse horreur...

Je dois à la vérité de déclarer qu'aucun des traits saillans de ce tableau n'a été créé par mon oncle, c'est une mosaïque dont nos plus célèbres poëtes ont fourni toutes les beautés. (*R.*)

8 Surtout n'oubliez pas qu'il nous faut un orage...

On sait que l'orage est aux poëmes ce que le mariage est aux comédies, le remords aux mélodrames et la lune aux poésies à la mode. (*C.*)

9 Et pèse sur le corps qui dans l'air se balance...

Ce vers se trouve dans Marie de Brabant; je ne parle de cette *rencontre* que pour faire observer que mon oncle était mort avant la publication du poëme de M. Ancelot. (*C.*)

Chant Cinquième.

Vous avez terminé votre sublime ouvrage,
La fleur du romantisme embellit chaque page ;
Le temps est vieux de jours, les fleuves sont ombreux,
Les matins empourprés, et les soirs vaporeux;
Mais le succès dépend d'abord de la tristesse,
Puis un peu du hasard et beaucoup de l'adresse,
Et c'est là le seul but où tendent les auteurs ;
Les vers les plus vantés sont toujours les meilleurs.

8.

Sachez donc avant tout travailler les suffrages,
Et soigner vos succès bien plus que vos ouvrages.

Pour se faire applaudir, il faut vivre à Paris,
C'est le séjour forcé de tous les beaux esprits *,
Le Parnasse français, le chef-lieu des lumières ;
Jamais le vrai talent ne passa les barrières.
C'est là que le bon goût, dans des salons discrets,
Tient bureau d'assurance et bazar de succès ;
On y lit force vers, on y bâille, on s'ennuie,
Enfin c'est en petit, comme à l'Académie.
Tous les membres, de droit, sont de grands orateurs,
Des poëtes légers ou de profonds penseurs ;
Aux pieds de leurs fauteuils, la critique endormie
Leur expédie en forme un brevet de génie.
Aussitôt que l'un d'eux d'un chef-d'œuvre nouveau ²
A, grâce aux Allemands, fécondé son cerveau,
Le front tout rayonnant de sa gloire future,
Il se lève, et déjà de plaisir on murmure ;
Il déroule un cahier, on vante son esprit,

Il va lire, on se tait, il lit, on applaudit ;
Après le bel endroit, sa poitrine altérée
Réclame la fraîcheur d'un verre d'eau sucrée ;
A ce signal connu, les nombreux auditeurs
L'assourdissent du bruit de leurs bravos flatteurs ;
Lui, sourit, remercie et de l'air et du geste,
Et redouble d'efforts, pour paraître modeste ;
Dès qu'il voit qu'on se lasse, il reprend, et trois fois
Les applaudissemens couvrent encor sa voix,
Et, sitôt qu'il finit, on l'entoure, on l'embrasse,
On le porte en ses bras, on l'élève au Parnasse,
Et son nom, de salons en salons répété,
Passe, sans s'arrêter, à l'immortalité.

O vous, dont un amour, ambitieux de gloire,
Des érudits futurs veut meubler la mémoire,
Jurez-vous que toujours le bon goût y fleurit,
Que le brevet de membre est un brevet d'esprit,
Qu'on voit dans leurs fauteuils des trônes littéraires,
Et que nul n'écrit bien, hors vous et vos confrères ?

Vous êtes digne ; entrez et rimez hardiment,
Déjà votre pays compte un nouveau talent ;
Comme un petit Byron, on vous cite, on vous nomme,
Avant la fin du mois, vous serez un grand homme.

Mais on estime peu le mérite indigent,
Jamais on n'a d'esprit quand on n'a pas d'argent ;
Point d'or, point de succès, que le pauvre s'en passe,
C'est en cabriolet que l'on monte au Parnasse.

Les poëtes, jadis à la faim condamnés,
Payaient en fort bons vers de fort mauvais dînés,
Et, des Rotschild du jour adulateurs commodes,
Pour moins de vingt écus rimaient plus de vingt odes ;
Les temps sont bien changés, un vers vaut un trésor,
L'éloge du pouvoir s'achète au poids de l'or [4].
En vers officiels écrivez notre histoire,
Sans marchander, l'Etat en paiera le mémoire.
Constant adorateur du ministre en crédit,

Prônez tout ce qu'il fait, croyez tout ce qu'il dit [5];
Et, si de son Brisquet s'éteint la noble vie [6],
Soupirez sur sa mort une tendre élégie ;
La fortune pour vous n'aura plus de rigueur,
Et sur votre habit neuf pendra la croix d'honneur.

Tout est prêt, du public l'impatient suffrage,
Comme une grâce implore et brigue votre ouvrage ;
Choisissez l'in-dix-huit, le format à succès,
Un poëme in-dix-huit ne peut être mauvais ;
Que le vôtre, enrichi d'un luxe de vignettes,
Orne de Ladvocat les pompeuses tablettes,
C'est un titre certain à la célébrité,
Sa colonne est l'autel de l'immortalité ;
Qu'une épigraphe en vers montre ce qu'on va lire ;
Qu'un trait—marque l'endroit qu'il faut que l'on admire,
Et que l'un des moulins des hauteurs d'Annonay
Vous pile et vous polisse un papier satiné.

Voulez-vous, amoureux des succès du théâtre ,

Commander aux transports d'une foule idolâtre?
Sachez, toujours fidèle aux devoirs des auteurs,
Dans leur moindre caprice obéir aux acteurs,
Ou l'inflexible arrêt de leur sénat comique
Vous déshéritera du laurier dramatique.

Monsieur Lysdas naguère apporta de Rédon
Un drame, de l'orgueil et l'accent bas-breton,
Et, déjà de la gloire aspirant la fumée,
Pensait de ses succès lasser la renommée;
Il ne veut point, dit-il, d'un arrogant acteur,
Caresser l'insolence, adorer la hauteur
D'une actrice exalter dans une ode prolixe
Et les charmes à l'heure et l'amour à prix fixe;
Un artiste pour lui n'est qu'un écho vivant,
Des succès de la scène imbécile instrument,
Un ilote français qu'on siffle, qu'on châtie,
Et, pour tout dire enfin, que l'on excommunie;
Il croit que du lugubre et de grands sentimens
Lui feront du théâtre ouvrir les deux battans,

Et, par son talent seul, du jury dramatique

Il brigue le suffrage et séduit la critique.

Un des juges tout haut épelle un feuilleton,

Et flatte tour à tour son chien et son menton;

L'autre informe un mylord que l'amante d'Enée

Dègne anfin accepté son queur et ses guinée;

Un troisième déclame . et semble répéter;

Mais il n'en est pas un qui paraisse écouter.

Vingt fois il est tenté de les donner au diable,

Car, poëte et Breton, sa tête est détestable;

Mais il pense aux lauriers qu'il espère cueillir,

Et puis lire nos vers nous fait tant de plaisir!

Il poursuit, et bientôt un refus unanime

A ses remords tardifs manifeste son crime.

Il est clair qu'un auteur manque de sentiment,

S'il n'adresse à Bourgoin un tendre compliment;

Qu'il rampe dépourvu de sel et d'énergie,

Si de doux madrigaux n'attestent son génie;

Et que, s'il croit valoir autant qu'un gros bouffon,

Tous ses vers rocailleux n'ont ni sens, ni raison.

De la gloire Lysdas se voit fermer la porte ;
Le coche l'apporta , le coche le remporte ;
Il sait, mais un peu tard, que, pour braver l'oubli,
C'est peu d'être lugubre, il faut être poli.

Vous donc qui désirez, amoureux de la gloire,
Mouiller tous les foulards d'un nombreux auditoire,
Des plus méchans acteurs célébrez les talens,
Sans honte on peut flatter les acteurs et les grands ;
Des actrices allez démentir l'extrait d'âge,
Et madrigaux compt...s acheter leur suffrage,
Couvrez à pleines mains leurs charmes embellis
De roses, de corail, de satin et de lys,
Et vous êtes alors un excellent poëte,
Votre style est divin, votre pièce parfaite,
Le sujet et le plan , tout en est enchanteur,
Et l'on va vous jouer par un tour de faveur.

Déjà, depuis deux mois, l'annonce officielle
Promet *incessamment* votre pièce nouvelle ;

Enfin plus de retards, le jour est arrêté,

Les acteurs ont juré d'être en bonne santé ;

Demain à vos héros, un parterre inflexible

Aurait pour son argent le droit d'être insensible,

Mais il est des amis de l'art et des auteurs,

Que l'envie a flétris du surnom de claqueurs ! ! !

Donnez-leur des leçons, indiquez-leur d'avance

Ce qu'il faut applaudir, admirer en silence,

Et le vers où l'on doit signaler ses douleurs,

Et tirer son mouchoir pour essuyer ses pleurs.

Leurs deux mains, à grand bruit, vous dispensant la gloire,

Echaufferont l'acteur, la pièce et l'auditoire ;

Et s'il est un pédant qui vous ose blâmer,

Pour prouver qu'il a tort, ils iront l'assommer.

Cela ne suffit pas, un impudent critique

Dira qu'on a payé l'opinion publique,

Qu'à ce prix le succès vous deviendra fatal,

Que la gloire au galop vous mène à l'hôpital,

Et qu'en bravos mangeant la dot de votre femme 7,

9

Vous mourrez de besoin pour faire vivre un drame.

Mais on peut aisément adoucir sa rigueur,
Son goût devient muet, quand on parle à son cœur ;
Grâce à quelques présens, sa juste gratitude
Prendra de vous louer la facile habitude.
N'offrez point au hasard des cadeaux fastueux,
Consultez ses plaisirs, étudiez ses vœux :
Donnez à l'antiquaire un livre bien gothique,
Quand sa marge est entière, il rogne la critique,
Et, toujours en raison de son antiquité,
De vos pensers piquans prône la nouveauté ;
Au gourmet envoyez des pâtés de Lesage,
Leur bon goût et leur sel passent dans votre ouvrage,
Et, jugés à la fois, il n'arrive jamais,
Si vos pâtés sont bons, que vos vers soient mauvais.

Au reste, je ne puis, novice littéraire,
Enseigner à surprendre un succès mercenaire ;
Mais, si, par mon adresse, un critique séduit

Procure à cet essai de la gloire et du bruit ,
Des avis éclairés de mon expérience
Je vous promets un jour d'aider votre ignorance [8].

FIN DU CINQUIÈME ET DERNIER CHANT.

NOTES.

[1] Reconnaissance, éternelle reconnaissance à mon oncle, qui, ayant considéré avec justice que l'art d'obtenir des succès faisait partie de l'art poétique, nous a indiqué les moyens certains de nous rendre immortels.

> *O fortunatos nimiùm sua si bona nôrint*
> *Scriptores !* (C.)

[2] C'est le séjour forcé de tous les beaux esprits...

On doit se rappeler que les académiciens s'engagent à demeurer à Paris. (*C.*)

3 Aussitôt que l'un d'eux d'un chef-d'œuvre nouveau
A, grâce aux Allemands, fécondé son cerveau...

Les Allemands sont devenus nos maîtres.

C'est du Nord aujourd'hui que nous vient la lumière.

Nous adorons ce que nous avons brûlé. (*C.*)

4 L'éloge du pouvoir s'achète au poids de l'or...

Voilà un vers qui ne peut trop fixer l'attention des hommes de lettres. (*C.*)

5 Prônez tout ce qu'il fait, croyez tout ce qu'il dit...

C'est bien fort, mais cela se fait. Voyez (je ne dis pas lisez) les OEuvres de MM. A. B. C. D. E. F. G. H. I. J. K. L. M. N. O. P. Q. R. S. T. U. V. X. Y. Z. (*C.*)

6 Et, si de son Brisquet s'éteint la noble vie,
Soupirez sur sa mort une tendre élégie...

L'histoire se plaît à recueillir les noms de tout ce

qui a appartenu aux grands hommes; c'est ainsi qu'elle redira à tous les siècles que le grand cheval de bataille d'Alexandre s'appelait Bucéphale, et le petit cheval de M. de Corbière Brisquet. (*C.*)

⁷ Et qu'en bravos, mangeant la dot de votre femme...

On sait que les critiques sont convenus que les poëtes étoient tous pauvres, et supposent que s'ils ont quelque chose ce ne peut être que la dot de leurs femmes. (*R.*)

⁸ Je vous promets un jour d'aider votre ignorance...

Ce dernier vers nous prouve que l'intention de l'auteur était d'abord de faire imprimer ce poëme de son vivant; on doit regretter qu'il n'ait pas exécuté un dessein qui nous aurait probablement valu un piquant supplément. (*C.*)

FIN.

POST-SCRIPTUM.

Depuis que l'impression de ce poëme est terminée, nous avons reçu de M. Jean-Louis Patard une notice très-détaillée sur la vie et les ouvrages d'Antoine Giguet; nous regrettons qu'elle nous soit parvenue trop tard pour être insérée dans cette édition, et nous nous promettons bien de la placer à la tête de la seconde; en attendant, elle restera déposée chez M. Le Normant.

où les personnes qui y sont intéressées pourront en prendre connaissance.

Nous ne finirons pas cette note sans offrir à M. Patard l'expression publique de notre reconnaissance.

www.ingramcontent.com/pod-product-compliance
Ingram Content Group UK Ltd.
Pitfield, Milton Keynes, MK11 3LW, UK
UKHW021208220726
13924UKWH00003B/1395